KB049929

수박사탕 근처

시작시인선 0442 수박사탕 근처

1판 1쇄 펴낸날 2022년 10월 17일
지은이 최윤정
펴낸이 이재무
기획위원 김춘식, 유성호, 이형권, 임지연, 홍용희
책임편집 박찬세
편집디자인 민성돈
펴낸곳 (주)천년의시작
등록번호 제301-2012-033호
등록일자 2006년 1월 10일
주소 (03132) 서울시 종로구 삼일대로32길 36 운현신화타워 502호
전화 02-723-8668
팩스 02-723-8630
블로그 blog.naver.com/poemsijak
이메일 poemsijak@hanmail.net

ⓒ최윤정, 2022, printed in Seoul, Korea

ISBN 978-89-6021-670-9 04810
     978-89-6021-069-1 04810(세트)

값 10,000원

수박사탕 근처

최윤정

천년의 시작

잠에서 깨어 보면 나도 모르게
주먹을 쥐고 있었다.

창백한 손을 펼쳐 보면
전보다 저릿하고 분명해진 선이 있다.

시를 살펴보는 마음에 방울을 달아 놓고
자주 발꿈치를 살핀다.

차 례

시인의 말

제1부 깨달음 없는 잠

풍선을 불어 줄까
—삼각형 퀼트 -9

거짓말이 자갈이 될 수 있을까
파프리카 파프리카

그림자를 한 번 두 번 세 번
구겨지지 않게 잘 개켜 두고

초록 물 뚝뚝 떨어지는
잘려진 파프리카처럼 웃어 보이며

눈빛을 들키지 않는 연습을 하자, 체첵
거짓말이 폭죽이 될 수 있을까

헝겊 인형 치마를 갈아입히고서 풍선을 불어 줘
숨을 골고루 털실 머리칼 가득 불어 넣고서

                    ○

거짓말에 체한 건지
소화제를 삼켜도 계속 어지럽구나

뭉쳐진 콩깍지 같은 말들이
지금은 너무 많아서

마음속 가득 콩이 졸아붙는다
상자 밖으로 넘치는 가발에 체한 건지

썰물에 뭉툭해진 모서리처럼
어쩐지 난 계속 어지럽구나

○

구름의 눈꺼풀이 사라지기 전
담요를 펼치자

숨었던 주사위가 바닥으로 떨어진다
눈빛을 들켜도 슬프지 않도록

무지개 풍선을 불어 줘, 체첵
깜박임 사라진 모서리는 그만 잊기로 하고

>
찡그린 표정의 구석을 닫고
심장의 수포가 터지기 전에

새장의 마음

서서히 타들어 갈수록 더
답답한 폭죽처럼

독초는 자라나고, 검푸른 바위에 눌린
구름의 뿔은 수평선 쪽으로 성큼 팽창한다

점점 엉켜 가기만 하는
빛의 실타래처럼

죽은 게를 품고 앉은
구멍 난 썰물의 진흙 자궁처럼

캄캄한 바위 밑에 숨은
도마뱀 정수리의 긴 중얼거림처럼

문도 없이 희미하게
비가 펼쳐진 새장의 마음

액자 밖으로 쏟아지고 싶은
굽이치는 바닷물처럼

\>
혼자 남아서 더욱 분명해진 모래톱
수박 꽃매미를 감싸 안는 물안개처럼

물안개 입김으로 펼친
멈춰진 일기처럼

한순간 누군가의
시선에 매달려진 언젠가의 우리처럼

늑골

숨을 쉴 때마다
뜨끔, 기별을 전하는 늑골

이만큼 지킬 수 있다고
그만큼만 나를 지켜 줄 수 있다고

밤새 꾸는 풀잎 꿈은 산양이 다 먹고 가고
밤의 목책은 안전한지

감은 눈으로 까칠해진 풀잎을 세는
밤의 목책에게 안부를 묻는다

그리 순하지 않은 산양이 밤새도록
흙을 파고 있어서

어긋난 늑골의 그늘
막막한 목책 사이 움푹, 파인 자리가 있고

녹물로 품은 낙엽이 모여 있다
감감한 골목길을 거슬러

\>

감정의 살점을 모자이크 하는

일로써 기별을 전하며

물감 좀 짜 주시겠어요

무심코 내민 손길에 별이 깨어지고 나서
붐비고 붐비는 생각이 만든 눈사람

강변에 서서 부러진 코를 생각하다가
바람을 기다리다 심심해진 까마귀처럼
삼각형 유리 조각에 초점을 맞추다가

뽑혀진 깃털이 됩니다 바람 빠진 풍선
조각이 됩니다 기도하기 위해 켜진
촛불이 됩니다 나마스카르 나마스카르*

물감에 옷을 묻히고 말았네요
패색이 짙은 순간의 살갗으로 붐비는 계절 그 많은
모욕은 누가 다 굴리며 가는 걸까요

칸칸마다 물감 좀 짜 주시겠어요
소소하게 바람이 불어 가는 방향으로 붉어진 붓을 잡고
무람하게 나마스카르 나마스카르

뾰족한 유리 조각을 관통해서 섬세해진 빛처럼

직감이 바람의 역방향으로 무장무장 나부낍니다

* 나마스카르: '당신만의 모든 것을 위해 기도합니다'라는 뜻을 가진 말.

드림캐처

흰 새장이 있다
문 없는 새장을 빛이 쓰다듬는다

가끔 혼자서 움직인다
한쪽 구석에 매달려서

창문은 타조의 속눈썹 같은 바람으로 눈 비비고
글자는 부서진 단추같이 풀 죽어 있고

바퀴 없는
그만 잡아서 내려 주고 싶은

녹슨 새장이 있다
새의 살냄새 증발되고 없는

악몽은 얼음낚시 구멍처럼
분명한 입구를 가지고 있고

감각 없이 검은 귀 펄럭이는
밤의 깊은 광기에 매달려서

\>

새장을 가지런하게 빛은 왔던 모습
그대로 머물다 갈 것이다

반쯤 젖은 깃털이 가끔 혼자서 움직인다
한쪽 구석에 매달려서

목련 물티슈

새봄을 엎질렀다
재빨리 닦으려고 했는데

바퀴가 먼저 지나갔다
치마에 숱한 반점을 만들고 저만치 굴러갔다

고여서 슬픈 곳엔 다가가지 않겠다고 한
다짐은 자몽처럼 굴러가서 으깨어졌다

흙탕물 날씨가 꽃잎을 뒤집고
바퀴는 찢긴 잎새로 뒤범벅

재빨리 지우려고 나선 손가락에
목련잎 물티슈가 걸렸다

신이 나지막이 속삭이던 목소리로
봄은 녹슨 닻을 바닥으로 떨구고

물방울 서넛을 달고 물티슈
발목이 접질린 그림자 다시 푸드득

\>

맘에 오그라져 붙는 순간의 힘으로
펼친 그림자의 봄을 안고서

반점 돋는 굉음의 담벼락
끼일 듯 말 듯 다시 길을 간다

수박사탕 근처

수박사탕 담긴 상자를 옮기는 사람의 어깨에서
착실하게 플라스틱 사슬까지 가로지르는 비

비의 소음만이 엉성하게
물풀 넘어진 저녁을 밝히고

포자가 몰고 오는 공기에 섞여서
짙어진 어둠 흔들리게 할 것이고

땀에 절은 골목 비추이는 달빛마저
온데간데없는 진균의 밤에게 안부를 물을 것이다

카페를 나선 코코넛 커피는 환자복에 얼룩을 만들고
종이컵 표면에 희미하게 번지는 기름띠를 가진 채

차갑거나 뜨겁지 않게 가장자리 머물며
착실하게 지켜보는 것이다 비스듬히 꼿꼿한 기린초 화
분과 함께

뜨겁지도 차갑지도 않게 밤 구석에 고인 비의 마음을

포자들이 몰고 오는 비의 사슬이 가로지르는 나를

들숨이 없으면 날숨도 없는 날들은 아직 남아서
물살의 걸음으로 물까마귀는 검은빛 옮기고

자다 깨서 켁켁거리는 순간과
그 순간을 가로지르는 비의 소음 털어 내며

가로지르다 멈춰서 점멸하는
빛 부스러기 멍하게 바라보는 것이다

수박사탕은 껍질째 녹고 있을 어둠 근처 선반을 밝히고
달짝지근한 비의 걸음이 다시 나를 일으켜 세우는 밤

실습

힘주어 버튼을 누른다
마음을 늦추면

버저음 근처로 사라졌다 다가서는 걸음
반갑고 좋은 걸음은 무슨 걸음일까

목련나무 새장 밖으로 구부러진 착한 꽃잎이거나
물거품에 잠긴 구름을 깨우고 가는 물까치 걸음

너머의 구름이 궁금해지는 파란 대문 앞
발자국 소리만 들리는 고삐 풀린 비의 걸음일까

걸음의 접면은 물까치 발자국으로 수두룩하고
모양과 방향이 다른 발자국으로 공중까지 어수선한데

주저앉은 구름의 기분에 맞게
크로키가 펼치는 걸음들 사이

가라앉는 소리의 앙금
도망가는 시간의 보푸라기

>
유리 꽃병을 음미하는 빛의 잠 속으로 빠르게
걸어갔다가 걸어 나가는 고삐 풀린 선들

주저앉은 호흡에 손 내미는 건강한 호흡들로 실습은 계
속되고
스치다가 사라지고 마는 버저음 근처

발자국 소리만 들려서 궁금해진 비의 걸음
놓치고 마는 켄트지들

지면을 붐비는 걸음들 사이 마음을 늦추면
멍하게 잠시 멈춰 서 있게 된다

간격을 메우고 있는 길 건너편
궁금한 우산의 걸음과 언젠가 불 켜질 새장의 그림자가
지나간다

전염

절반이 거뭇한 붓이 반복해서 지나간다
그것은 줄무늬 쿠션이 계속되는 일

절반의 줄무늬 덕분에
절반이 줄무늬로 둔갑하는

저물녘 머그잔에서 시작된 줄무늬
멈추지 않는 줄무늬에 휩쓸려

사탕과 머리 끈에서
셔츠와 모자에서
멈추지 않고 솟구치는 일

언젠가 줄무늬를 거느리고 담장을 조립하는 일
세로줄 가로줄로 휘어지기도 하면서 분별 있는
줄무늬 틈에서 뜻 모를 몇 줄의 지문으로 기록되는

표범을 꿈꾸는 얼룩말이 숨 가쁜 입김 뿜으며 지나가는
영상을 보다가
지금은 물기 없이 촘촘하고 선명한 줄무늬 쿠션으로 남

는 일

성글게 빛이 머무는 숲속으로
새들이 중얼거리며 사라지는 저녁까지
아무 일 아닌 것처럼 줄지어 지나가며 숨 쉬는 일

차분히 레이스 문양 잎새를 가꾼다
그것은 줄무늬 마우스의 변이

길가에 늘어진 긴 끈이거나
얇아진 막의 피부로 남는

장조일까 단조일까
—막간 1

모르고 싶어져
마지막 페이지처럼

깨금발이 된다
실금을 밟고서

피하고 싶어져
꺾인 나뭇가지 너머
알면서 모르는 잎새가 된다

첼로를 연주하던 나뭇가지 사이
무성하게 붐벼 간다
모르면서 아는 고드름의 눈빛으로
두 손 가지런하게 가져와 앉는다

장조일까 단조일까
짓무르는 밤은 짧고
전기톱 좀 가져다주시겠어요?
막을 옮길 시간이 많지 않지

>

장막과 장막이 부딪히며 나부낀다
어둠이 가지를 잡고 머뭇거리는 사이

사다리를 옮겨 놓고
과즙이 된다
진실은 속살 갉아 먹는 벌레와 같아서

과즙과 싸우며
벌레와 익어 가며
새벽의 서늘한 부종을 견딘다
공중을 비릿하게 썩고 있는 사이

속살이 문드러져 설렁설렁 가벼워지는 사이

공중의 초대
—막간 2

그림자가 뜀을 뛴다 나무의 간격으로
휘파람을 불며 트램펄린을 사뿐히

모여서 공중을 섬긴다
구겨질 때를 기다리며 감들은 차분하고 다정한 빛으로

잠옷에 줄지은 단추의 눈빛으로
공중에 먹먹한 기쁨을 물고 선 나뭇가지

깊어진 감빛 물살에
목까지 담그고 심호흡하고

우듬지 너머 겹겹이 포개진 그림자들 속으로
수액의 작고 볼록한 슬픔이 숨는다

까치발이 되어 슬픔을 좇아간다
까치발의 숨에 묻은 재를 털며

공중의 둥근 입맞춤을 섬긴다
진초록 빗방울이 사라지는 순간의 아쉬움으로

>
끝까지 날지 못한
잠자리 눈빛으로

마음을 종잡을 수 없어서
—막간 3

도착하기 위해서
출발선에 섰는데

누군가 수건으로 두 눈을 가렸다
그러면 더 잘 보일 수도 있는데 마음을 종잡을 수 없어서

발바닥에 힘을 주며 가벼워진 빛의 윤곽 더듬으며
그러니까 한 발씩 걸어가려는데

누군가가 밧줄로 두근거리는 두 손목을 비끄러맸다
미래에서 온 갑갑함이 밧줄을 묶어서일까

꼬리부터 말라비틀어지는
도마뱀이 되어 가고 있었는데

점점 없는 팔을 가진 사람이 되어 가는 정적 너머로
시월 바람이 웅성거렸다

누군가 쌍봉낙타를 내밀었지만
햇빛과 그늘이 번갈아 가며 쏟아지는 시멘트 담장이 되

어 가고 있었다

　　기도하는 사람 옆모습을 가진 길 끝 쪽으로
　　먹먹하게 세계의 골목을 거쳐 간 비의 걸음들 모여

　　담에 맺힌 피 멍울 적신다
　　고개 숙인 시월 바람 웅성거림 끝으로

　　자갈 박힌 골목길처럼
　　자주 가짓빛 심장이 덜컹거렸다

거울을 보는 고양이

눕는다 옆으로 눕는다 방향을 바꿔
남에서 북으로 머리를 누인다
고장 난 수도 밸브에서 3초 간격으로 물이 떨어진다
그녀가 한밤중에 벌떡 일어나 거울을 본다

모르는 고양이와 마주친
골목길 담벼락을 본다
고양이 눈 속 회오리바람을 본다
담벼락에 낙엽 모양으로 꺾이던 바람처럼
모서리가 희미하다

고양이는 지금도 눈 속에 빈 나뭇가지 넣고 다닐까
발자국을 눈길에 찍고 있을까
모서리는 허기진 척추를 닮았다

마주쳤던 그림자가 발코니에 쪼그려 앉아 있다
물끄러미 곁에 앉아 보지만
잠깐의 모서리는 쓸쓸하고
굴러가는 털실은 길고 가볍다
잠의 뗏목을 타고 밤이 고양이와 그녀로부터 멀어져 간다

\>

고양이 눈에서 빠져나간 바람이
나를 휘감고 멀리 달아난다
털의 촉감이 다리를 스친다
나는 오래 싸늘하고 따스해진다
굴러간 털실 뭉치처럼

선잠

포도 잎새 사이로 빗줄기가 보였는데
비는 나를 피해서 내리는 건지

나는 젖지 않고
비는 계속 내리고

포도 껍질 속 살점이 익을 때까지
포도 잎새가 받치고 선 빗물은 매미 울음 끓이고 있는 건지

포도나무 그늘 속에 여름은 뻣뻣한 물음표처럼 나를
세워 두고 나무 옆구리 쓸며 가는데

멀리 김치전 먹으러 오라는 외할머니 쉰 목소리
잠시 머물다 가고

매미 울음 섞인 비는 자글자글 계속 내리고
나와 포도는 무슨 까닭인지 젖지를 않고

발을 꼼지락거려 보려 해도 당최 움직여지지 않고
눈을 감고 있으면 나도 함께 익을지도

>
포도송이가 발을 묻을지도 모르겠는데
너무 긴 잠의 샛길 속 설익은 나를 바구니처럼 세워 놓고

이제 나는 정말 나서야겠는데
시럽 같은 비 맞으러

숨

깊고 굵은 날숨인 것이다
영을, 영물이라도 쏟아 내듯이

세탁실에서 걸레를 빨다 말고
빨래걸이를 펼치다 말고

까악까악 체한 듯 숨차게
울부짖는 까마귀가 왔다 가는 것이다

굵고 저린 날숨이 쏟아 내고 있는
영을 아주 모른 채

밥을 안치고 틈에 콩을 안쳐 놓고 들숨과 의자에 앉으면
창밖 구름은 백사가 되어 들숨 날숨 나뭇가지 타고 기어
가는데

자고 있는 나를 빤히 지켜보던 젖은 단발머리
여자아이 뺨이 팔꿈치를 스치고 가는데

거미줄에 걸린 초파리 희미한 들숨 곁으로

땅거미가 앉는 줄도 모르고

포플러나무 사이를 혼자 산책하는 비둘기 꽁지깃처럼 까
닥까닥
초침은 같은 자리를 아까부터 그러고 있는 것이다

뺨이 스쳐 간 자리마다 붉게
숨이 새긴 문신으로 팽팽하게 부푸는 것이다

체기 생긴 숨의 저녁 저편에서
나를 빠져나간 영들 멍하니 이편을 돌아보며 섰는데

건포도 호흡법

잠을 설치고 깬 아침은 싸락눈 쌓인 저수지 같고
어젠 잠 덜 깬 모래 같아

밤낮 목탄 크로키로 덮어 봐도
남는 건 쌀뜨물같이 사라질 길뿐이죠

발밑에 숨어 있는 물고기들아
등 뒤에 숨어 있는 물까마귀들아

볍씨를 줄게
부서진 새우를 줄게

겨울밤 대기를 움직이는 눈발들
바구니 가득 담아 놓고 볼록 반사경을 닦아 줄게

힘차게 구름의 페달을 밟으렴
침침한 밤낮의 눈꺼풀 열고서

계절이 가도 썩지 않는 건포도 호흡법으로
햇살과 바람 먼지 번갈아 품고 있을게

\>

거뭇한 눈사람을 캔버스에 그려 놓고
반쯤만 지워지고 있을게

깨달음 없는 잠

혼곤하게 잠풀이 자라고 있는 숲에서
비릿하게 퍼지는 흙냄새 삼키며

헛바늘 자라고 있는
숲에서 잠의 기별이 왔다

햇빛을 등진 종탑이 있고
저마다 선잠 속에서 살얼음 낀 저수지 마름질하는

성소를 찾아 나선 마음의 덮개는 벗기지 않고
소음이 개미 떼처럼 바글거리는 귓바퀴로 빼곡한

깨달음 없는 잠으로
소음이 익어 가는 숲에서

조각난 저수지가 된
당신의 꿈을 언젠가 내가 대신 꾸듯이

헛바늘 그림자 덮고 자라난 잠풀이
잔광이 되어 버린 숲에서

\>

소생의 기별이 왔다

그늘이 마르지 않는 숲

슬픔이 간결해지기를

종소리 대신 손을 모으고 볕을 부르는 잠의 풀 향기

축축한 종탑 주변을 맴돌고 있었다

햇빛을 등진 종탑 주변을 나방의 숨결처럼

건포도

사각 탁자 끝머리에
낡은 홈이 있어서

낡은 홈이 가진 건
아직 썩지 않은 건포도 세 개

먼지가 붙어서 선명해진 쭈글거림은
지나간 계절의 공기와 한숨에 섞여

배수구를 통과 중인 소음에 섞여
다녀갔던 빛의 입자 어슴푸레 생각하지

카우치에 새겨진 낙서처럼 남겨진
건포도는 건포도의 신념으로

한결같은 자세로 비스듬히
말라붙은 물컵만 바라보고 있지

사소한 매일을 감당하는 당신의 그것
서서히 굳어 가는 고독처럼

>
자정을 넘긴 화분 속
정수리 반쯤 잠긴 흑자갈처럼

쉽사리 썩지 못할
탁자도 잊고 사는 건포도 세 개

나쁘게 피는 물방울은 없겠죠

금 간 담벼락 아래
빈 병들이 헝클어진
먹빛 시간 속을 뒹굴어요

바람을 열고 뿌옇게
밤의 품속을 달려 봐요
가장 뾰족한 시간의 비명은
무슨 빛으로 쏟아질까요

셔터가 닫혔다 열려요 그리고 다시 닫히죠
돌아가지 않겠다면 나쁜 걸까요?
캄캄한 수족관 같은 눈 속, 죽은 물고기 줄무늬가 떠다녀요
가려워 죽겠어요 유리 조각으로 긁으면
죽은 피가 흐를까요

나뭇잎은 어떨까요
바큇자국 따라서
밤 같은 당신이 잽싸게 달아나듯
불빛들 뿌옇게 움직이는 손톱이 되네요

>
침묵은 반듯하게
잘려져 수족관에 갇힌 물
줄무늬 피가 배를 적셔도 숨기고만 있죠
아무도 모르게 잠깐 움직일 뿐
불빛은 아직 줄무늬 피로 물들지 않았어요
침묵에 갇힌 당신처럼

귀머거리 식구들을 남겨 두고
말없이 집을 나왔어요
깨진 물과 죽은 줄무늬도 아무 말이 없었죠
풀잎 잠결 같은 강물에 발을 담궈 봐요

나쁘게 피는 물방울은 없겠죠
뾰족한 비명은 물속에 잠재워요
속잎까지 찢기던 말 따윈 모두
물의 핏방울이 거둬 갈 거니까

달빛 페달을 힘껏 밟아 봐요
(당신 눈동자에 푸른 달이 뜨면
내가 구름의 절정에 다다랐단 거야)*

세상에 없는 나와 밤
죽은 나와 밤

나쁜 물방울은 쉽게 피지 않겠죠
멈춘 핏방울에서 참았던 숨이 쏟아지는 것만큼
나쁜 가지에서 나쁜 속잎이 피는 것만큼

• 레오 까락스의 《나쁜 피》 중 알렉스의 대사 '당신 눈동자에 노랗고
붉은 달이 뜨면 내가 절정에 다다랐단 거야' 변용.

제2부 네가 말을 숨길 때마다 별이 빛났다

낯선 봄
—삼각형 퀼트 8

모처럼 좋은 게 생겼지만
잠깐이라서 속상하거나 금세 괜찮아질 때가 있다

실험실을 지나치면서 네가 차갑게 부서진 망간이 아니
라서
복잡하게 생긴 고차방정식이 아니라서 미쁘다

포플러 팔꿈치 사이를 가로지른 고압선은
국적을 알 수 없는 빗방울 서넛 안고서

행방을 알 길 없는 새의 조각난 부리가
잎새와 네 옆얼굴로 겹쳐져 떠 있다

철쭉이 작년보다 낯선 봄엔 보였다 안 보였다 하는 빗방
울 너머
멸종된 식물처럼 저만치 네가 있다

조각 틈에 흙을 발라서 옻칠 꽃병을 만든다면
맘껏 날지 못해 멸종된 빛과 고요가 새겨져 있을 것이다

\>

○

우산을 들고
접혔다 펼쳐지는 모서리들 남은 온기 속으로

빗줄기 세면서 걸어가는 길
보였다 안 보였다 하는 그늘과 함께

젖어 가는 간판들끼리 아직
부서지지 않은 옆얼굴 서로 건너보며 서 있다

거꾸로 걸어갈 때면
고요가 양수처럼 출렁이며 끈적였다

○

담벼락 그늘진 모서리 틈엔
공벌레 한 마리 숨소리 없이 엎드려 있고

지금보다 심심하게 철쭉 피는 봄엔

찻잔처럼 잘 쌓인 내가 곁에 있을지도

부리는 네가 그린 세밀화에서 가장 맑고 고요하게 빛났다
보였다 안 보였다 하는 모서리와 함께

절반만 적셔진 알코올램프 심지처럼
조금씩 움직이는 초록 뿔처럼

태엽 감긴 봄 쪽으로

우린 부딪힐 때마다 쇳소리 나는 금속 같았죠
우린 나란히 걸을 때 달빛 졸인 침묵 같았죠

불빛 한 줌 잡지 못한 채 부서지는 살얼음 조각들
빛의 입김 너머 고개만 주억거립니다

끝이 갈라진 손톱처럼
짧게 부서지는 빗줄기들

봄눈은 발꿈치부터 녹는다고 속삭이며
담장에 새겨진 낙서를 덮습니다

빗줄기와 불빛 사이 스쳐 가는 찬 공기들
느닷없이 부서져 내리는 것들로 발가락이 뻣뻣해집니다

우린 없는 열쇠 잃어버리고서 사막을 뒤지는 전갈 같았죠
우린 모래 폭풍 기다리는 버려진 식탁이 되어 갔죠

잎새 서늘해진 귓불 끌어당기며
가지 사이로 굴러가는 보푸라기 불빛들

>
부서진 손톱과 반지를 망각의 열수구에 묻은 저녁이
전구의 입김으로 서서 짓무른 구름을 그립니다

녹다 만 조각 얼음 얇게
태엽 감긴 봄 쪽으로 한 코씩 움직입니다

디디스커스

사람을 믿어 본 적 없다는 네가
자몽을 건네며 동전 같은 미소를

바늘로 찔렀는데 아프지 않은 곳이 있다는 네가
디디스커스 섞인 꽃다발 건네주고 다시 멀어진다

마음을 움직이는 순간은
빙판을 굴러가다 멈춘 구슬처럼 투명하게 빛나지

씨앗만 한 꽃잎 서너 장 손가락 틈 묻어 있고
물감을 갠 물로써 하루가 가능하다면

선잠 들기 직전의 디디스커스
서로 기분을 모른 채

손가락 근처
사마귀 갈라진 자리, 가지 삶은 물이 스몄던가

꽃을 믿어 본 적 없는 내가 남아서
꽃집 간판 희미해질 때까지 서성이다가

>

감귤나무의 마지막 감귤 갈라진 표정이 생각났다
옆구리에서 동전이 쏟아진다

기억나지 않는 문장이 적힌 쪽지를 찾던 그날처럼
굳어 버린 물감을 갠 물을 초파리가 허우적거린다

네가 말을 숨길 때마다 별이 빛났다
—삼각형 퀼트 9

발자국 끈 자리, 별이 켜진다

진공의 저녁을 빠져나간 여름밤
주머니 속 수신음은 백지라서 별이 빛났다

발을 뺀 골목은 강변까지
잠시 구겨졌다 펼쳐지곤 했다

네가 말을 숨길 때마다 트랙을 벗어난
선들 간간이 강변을 떠다녔다

○

길고 짧은 골목길은 평평했던 적이 없다

제각각 생각에 잠긴 여름밤 골목들
가끔은 우리가

투명 비닐 속 녹다 만 수박사탕 같아서 걸음을 멈췄다
담장 너머 맺힌 풋열매가 사라질 절기 쪽으로 몸이 기울고

>
밤공기 속을 뒤척이며 익어 간다
시간을 벗고 스펙트럼을 벗어난 빛의 끈들

고요마저 벗으면
입김처럼 서너 걸음 앞에 네가 웃으며 서 있다

○

여름밤 이마가 움푹 패어 있다

첫 마음이 첫 마음을 스치는 동안
유리창에 김이 서려서

뜨거워서 소나기 설풋 익고 있는지
축축해진 선홍빛 손잡이가 머뭇거리며 뜨거워진다

네가 말을 숨길 때마다
별이 빛났다, 멎지 않는

떨림으로 어둠 속 남겨진 저녁의 빗방울들
비닐우산 미끄러져 흙 알갱이 품으로 숨는 사이

떨림
—삼각형 퀼트 6

버스와 하얀 차선이
반대쪽으로 달린다

오래 멀어지는 너와 나
시속 100km로 달린다

종달새 비누가 손에서
미끄러지며 달아나듯

            ○

잎새의 손잡이 미끄러진
피부에 번지는 소름

손짓을 하기라도 한 걸까
입술은 가지에 걸어 두고

고요하게 멈칫거리며
실뿌리들 잠 속으로 기어가는 벌레들

>

ㅇ

달팽이관에 꽉 끼여 빠지지 않는다
비누칠에도 빠지지 않던 반지처럼

네 목소리
꽉 끼여 빠지지 않는다

기도원은 절보다 좀 더
깊숙하게 숨어 있고

싯푸른 셀로판지 넓게 펼쳐진 뒷마당으로
말매미 울음소리 달려와 심장을 한입에 삼킨다

사철나무 그늘 속, 바람 불어와 포개진다
꼬깃하게 구겨진 오후가 한 겹씩 구석진 저녁을 향해

모래 묻은 새장

잡고 있는 손에서 미지근한 빛이 새어 나왔다
팔월 아침 풀빛이 고스란히 담겨 있었다

해그림자 속으로 사라지는 물방울들
가지런히 빛나며 움직이는 모래 냄새

쓸쓸한 간격의 물살이 생겨났다
포개진 손에서 검은 모래 쓸리는 소리

물속에 뭔가를 빠트린 것 같은 오후 세 시 햇살의 표정으로
지문이 지문을 읽고 있다

저마다 깊이가 다른 새장들, 잎새가 잎새에 남은 숨 감싸듯
포개진 손가락에서 문고리 잠그는 소리

가지가 가지에 남은 숨 기대듯
손마디가 손마디를 읽고 있다

물결이 맑아서 조각배가 허공에 떠 있는 듯 보이는 순간처럼
망각의 지문으로 자욱한 빛에 감싸인 채

>

새장이 뿜어내고 있는 모래 묻은 손가락들

열기로 공중이 소복했다

샛길을 가진 여름

긴장하며 움츠리는 촉수와 촉수
잰걸음의 빗줄기가 건너가는 바위섬 너머

무덤은 자라나고
시골길 차양 막을 따라 신산하게 잎새가 펼쳐지고

빗줄기의 파장으로 뻗어 보는 잎새의 촉수와 촉수
빗소리와 빗소리의 연속선으로

촉수가 갈라진다 세 갈래 네 갈래 갈라지는 샛길을 가진
여름은
　가지를 들추면 빗소리 철벅이는 진창을 가진 잎사귀 이름

투명하게 자라나는 코랄빛 돌기로 세밀화가 되어 가는 샛길
무성하게 비롯되는 촉수로 여름은 먹구름의 불면을 가진
이름

추락하길 즐기는 연장선을 가진 샛길로
쪼개지는 밤을 가진 나를 부르며 소금밭 서성이는

>
빛나지도 어둡지도 않은 날들
잔뿌리를 빗물에 담근 마음

표백제에 담궈도 풀물 든 시절은
잎사귀가 끄덕이는 샛길에서 더욱 선명해져

진창이란 이름으로 무성해진 잎사귀들, 쓸쓸해진 빗물이
남기고 간
언덕배기 펼쳐진 초록 모자와 함께 구르기 좋은 이름

샛길에서 생긴 약속은 작은 날개를 감추고 있지
선명하게 풀물 든 약속이 붕대 감고 잠시 절룩이며 지나가

잊어버린 일조차 모른 채 지나가
진창이란 망각으로 비릿한 숨을 가진 여름

초저녁 길 끝에서 마주친 작약은 노란 꽃술 남김없이 보
여 주고 멀어지지
빗소리 철벅이는 잔뿌리 가진 마음 샛길에 세워 두고

비를 세는 사람

네가 잠든 숲
흙과 벌레 먹은 포도가 잠든

맺힌 빗방울이 떨어지는 빗방울과 만나서
투명 실 커튼이 되는 먹구름 숲에서

빗줄기 간격은 선명해지고
너와의 간격도 서늘하게 분명한데

나는 지금 네가 잠든 유리 상자 밖에서
깨진 병 조각의 마음으로 비를 세는 사람

불탄 마음으로 손과 발이
식고 있는 누군가가 되어

그저 포도나무 그늘만큼 축축해진 간격을 두고 서서
네가 지핀 꿈결 눈으로만 더듬어 보는 사람

벌레 먹은 엉성한 포도송이에서 바닥으로
썩은 포도알 솎아 내던 성근 표정으로

\>

너는 내 꿈속을 빠져나간
늙은 도마뱀만 한 체념 매만지다가

하염없이 꽂혀 가는 과거에서 온
금박 무늬 달빛 저녁 바라보다 잠든 사람

반짝 한숨이 먼지처럼 묻은
푸른 빗방울 선잠으로 받는 나를 모르는

네가 깨는 순간까지 내가 깨지 않았으면 기도하는
나는 비를 세는 사람

순무

혀를 내민다, 팽팽한 빗줄기 사이로
놋쇠 주걱을 닮은

그릇의 바닥을 긁고
무늬를 긁고 그의 뼈 속까지 긁어내던

혀의 온도를 물이 짚는다
반쯤 벌어진 부리 사이 젖은 꽃잎, 머뭇거림의 말들로

여름밤은 행방을 정하지 못한 흙탕물 쏟아 내고
익을수록 어두워진다

삶은 닭의 낯빛 같은 신음 소리
줄줄 혀끝을 타고 길어진다

밤의 초침 소리로 앞서 걸어가는 빗줄기 사이로
그의 환영이 나타났다 사라진다

순무를 줄까
알약을 줄까

\>

다리 난간 끝에 어둠이 매달려
물이 혀에게 길을 묻는다

찢어진 꽃잎을 이마에 얹은
무심천, 눈이 침침한 천변에게, 뒤처진 길을 묻는다

순록

네가 걸어간다 내가 넘어진다
내가 놓친 골무를 찾는 사이

식탁 밑에서 어둠을 쓸어 담는 네가 있고
눈은 마주치지 않았지

순록의 뿔을 닮은 네가 있고
순록의 뼈를 닮은 내가 있어

자다가도 가끔씩 전기톱질 소리가 들렸고
딱딱해진 명치를 문지르곤 했지

사거리를 가로지르는 순간에도
조각 얼음 가는 소리가 났지

미묘한 성분의 차이가 혼성을 빚었지만
순록의 뿔은 겨울 악수를 가장 기뻐했고

순록의 뼈는 여름 먹구름이 궁금했지
생각은 달랐고 장소는 같은 셋 하나, 다섯 하나

\>

내가 걸어간다 네가 넘어진다
눈은 마주치지 않았지

불빛을 넘기도 전에 수없이 사라지는
술래를 잊어버린 눈보라처럼

살얼음 쌓여 가는
자정의 눈빛으로 광장을 떠돌았지

먹구름 행방을 놓쳐 버린
자정의 얼룩진 순록처럼

촛농 자국 별자리

창을 마주보는 실내에서 우린
잘못 박힌 나사못처럼 섰다

새벽에 묻은 촛농 자국 긁는 소리 점점 뜨거워져
결국엔 아주 미끄러지고 만 구두 밑창 소리 같고

식은땀을 쏟는 비석이 되고 말았지
건넬 벌레 먹은 사과가 모자랄 무렵

새벽에 묻은 빗소리는 점점 차가워져
언젠가 손은 미끄러진 우산 손잡이 같고

살아 있는 눈발이 쏟는 식은땀으로 끈적이는 창 너머
슬픔처럼 촛불이 번질 무렵

뜨거웠다가 쓸쓸해진 촛농 자국이 되어
궁금할수록 입구가 작아지는 동굴 앞에 선 산양이 되어

불가피한 시간 위로 커져 가는 촛농
무덤덤히 솟은 무덤 위로 쌓여 가는 눈발

\>

새벽 여섯 시 쪽으로 희미하게 무덤이 움직인다

촛농 자국 별자리 더욱 고요해질 무렵

지문

쉽게 죽지 않는다고 했지만
작은 알약 열 개만 모았다

단풍은 종이컵 속에서도 잘 자랐고
갈라진 입술로 죽었던 순간을 말하던 그가

나무 그늘 사이를 뒷짐 지고 건너간다
지문으로 빼곡해진 액정 화면은 계속 밤이고

죽는 일에 지친 손가락들
마주 앉아 토끼풀 무덤을 솎는다

달궈진 사물들 입김으로 반쯤 접힌
그림자 비추는 불빛들 바라보다

벌레 지문이 먼저 잠들었다
죽는 일에 지친 나뭇잎 사이 바람에 출렁거리던

바다를 벗어난 해무처럼
부푼 입술로 죽었다 깬 순간을 말하던 그가

\>

망각이 잠꼬대하는 나무 그늘 속으로 묻혀 간다
간격을 좁히며 빛나게 일그러진 알루미늄 간판들 사이

그늘 속으로 잠겨 버린 그의 눈빛처럼
죽는 일에 익숙한 저녁 지문이 먼저 깨어났다

눈사람

조금 모자란 아쉬움으로
생각 속에서 녹고 있는 눈사람

조금 모자란 슬픔으로
마른 풀 냄새 펼쳐지는 밤과 잠을 불티처럼 세던

밤의 덧창 열고 나서기도 전에
골목 어귀 머리부터 사라지고 있는

반듯하게 굵은 네 눈썹 앞에서
삐딱하게 그린 내 눈썹으로 마주 보고 선 생각 속에서 계속

작아지는 눈사람 애써
기억하지 않아도 눈사람은 하나뿐인

모자를 바꾸고 눈썹을 지워 봐도
아픔이 모자란 생각 속에서

마른 풀 날리며 계속
빨강 파랑 바람개비 돌리던

>

목초지를 굴러가며 부풀린 생각의 겹으로
겨울밤이 모자란 골목을

종이 상자 밖으로 흘리며
모호하게 줄줄 녹고 있는 눈사람

발꿈치 들고

모래는 다시 눈을 깜박인다
따개비 같은 바람은 불어오고

등을 구부린 난류에 눈이 아리다
눈을 비빈다

먹먹한 슬픔을 접어
둥글게 바다를 견딘다

푸른 산호초가 움직이는
젖은 하늘을 본다

접시 구름 서너 개와
자몽 가루처럼 풀어지는 잔 속 햇살 사이

출렁이는 다리가 있다
마주르카, 당신이다, 발톱이 심장을 찌른다

당신의 잃어버린 비명이 보이지 않는
칼끝이 되어 늑골에 꽂혀 있다, 발꿈치 들고

>
몇 발자국 따라가 보지만
곧 행방을 놓치기 일쑤다

거북이 등 껍데기 같은 바람은 불어오고
모래는 다시 눈 깜박이며 둥글게 바다를 접는다

저릿한 팔과 다리는 소나무 가지마다 푸르게 말리고
공처럼 가볍게 뛰어다니고 싶어

발꿈치 들고
물 밖을 본다

젖은 모래로 뒤덮인 범섬의 지느러미는
물결 너머 뭍까지 닿아 있고

사람들 떠나간 바닷가
고단한 고깃배 한 척 몽돌 위에 누워

벗은 몸 말린다
빨간 비늘이 물에 떠 있다

이물감
―삼각형 퀼트 -4

속였다, 시차를 두고
믹서기 속에서 멈춰진 시절이 짓무르는 사이

수많은 거짓을 미러볼처럼 주렁주렁 매단 채 서로
속았다, 돌아가며

눈가에 크림 섀도를 발라 주며 반짝반짝
살구를 하나씩 입 속에 넣어 주는 일

뭣이든 상관없었다 냉장고 문에 붙인
스티커 개수만큼 끈적이는 여름 한낮

씹어서 잘 삼켰다고 생각했지만
씹어서 뱉을 수도 없게 됐지만

                    ○

미러볼처럼 침묵했다 주변을 돌아가며
실잠자리가 무심하게 날개를 접었고

>

서너 번 죽었다가 깨어나서 죽는 걸 포기했다는 여자도
맥주 한 모금에 쓰러지는 남자도 시차를 두고

입체적 침묵을 조립하던 빛이
읽히지 못할 날개 문양을 만드는 사이

당근을 씹어서 잘 삼켰다고 생각했던
구름이 씹던 풍선껌을 뱉어 벽에 붙여 놓고 갔다

마치 단물 빠진 시간을 보여 주겠다는 듯이,
곁에 앉아 있는 순간에도 의구심이 들었다고 했다

○

속살의 사정과
기억의 사정은 별개의 일

당근과 살구처럼 삼켜지거나 끼여 있거나
시차를 두고 숭숭하게 벌어지는 일

>
바닥의 성심과 본질 같은 것들은 벽에
붙인 껌처럼 점점 어둡게

납작해져 갔다 짓무른 시절이 거품에 갇히는 사이
뭉그러진 살굿빛 구름은 기억 속에서만 살아서

시큼했다, 시절의
입천장에 붙어서 숭숭하게

곁을 지우면
—삼각형 퀼트 4

퀴퀴한 냄새가 지나간다
그늘진 방은 더 넓어져 있고

빛바랜 파랑 빨강 초록 상자
물살이 바지선을 옆쪽으로 밀어내듯

발코니를 한 칸씩 뒤쪽으로 밀어내며
기우뚱 목련 잎사귀 스쳐 간다

망각의 날갯죽지 찢으며 모서리가 지나간다
불투명 정오의 피부를 뚫고

○

사다리를 타고
상자들이 들것에 실려 발 앞에 도착한다

4B 연필이 석고 데생을 연습할 때처럼
모서리가 모여 건물 벽에 어긋난 그림자가 생긴다

>

각뿔이 생기게 된다
당신이 곁을 지울 때처럼

○

낯익은 사슴뿔 목걸이가 나뭇가지에 걸려 있다
불빛이 손가락 뻗쳐 만지작거린다

녹슨 날짜들이 이어 가던 구멍들
어둠 속으로 한 칸씩 지워져 간다

은빛 설렘으로 찰랑거렸을
둥근 모서리들

곁을 지우고 나면
세상은 더 넓어져 있고

공중에 걸린 목걸이 속으로
길어진 밤의 쇳물이 출렁이곤 한다

\>

퀴퀴한 녹이 쌓인 구멍들
새들의 싸늘해진 울음을 꿰고 있다

거미의 깊은 방이 될 무렵이면 사슴뿔 속으로
거미의 선잠이 선물처럼 밤새 들락거릴 것이다

마주르카 집에 불이 켜지네

숨죽인 이끼로 가득 찬
쪽문이 열리네

문틈으로 새어 드는 달빛 엉금엉금
줄을 타고 올라가네

플란넬 먼지 옷 겹쳐 입은 책상 모서리
빠지는 조그만 기억의 걸쇠

어둠이 내어 주는 서랍 속 한 자루 촛불
손끝에 이는 물보라, 물보라

나무를 감고 오르는 자벌레 보폭만큼
사물들 옆구리에서 떨어지는 저마다의 살비듬 같은 말들

그때마다 설핏 끊어지는 불빛
액자들은 어둠 한 줄씩 띠처럼 동여매고

검은 가방 멈춰진 숨으로 벽을 안고 서 있는 창문
텅 빈 액자 같은 나를 알아보지 못하네

\>

나는 있고 검은 가방 보이지 않네
검은 뚜껑 문질러 봐도

잠든 그의 하얀 덧니 같은 건반을 깨워 봐도
검은 가방은 있고 내가 없네

그을린 산들은 부서진 화분 둘러싸며
눅눅한 달빛 한 장씩 끌어당기느라 뒤척이고 있네

휘파람 소리만이 얼룩진 벽 쓰다듬고
무성한 곰팡이꽃 무더기만 비를 기다리며 있네

설익은 청포도알처럼
울면서 그가 내 몸을 기어 다니네

빛바랜 자벌레처럼 연둣빛 울음 알갱이만
모여서 희미하게 웃고 있네

제3부 간결한 슬픔

차콜
—삼각형 퀼트 −5

구멍 난 암막 커튼에 갇힌 기분이 되었지
가끔 빛이 찾아와서 새로 작은 동그라미 생기는 빈집에서

우리가 말려 죽인 잎새 수만큼 빛살이 어두워질 무렵
그릇에 담긴 눈은 반쯤 녹아서

낮부터 녹아서 달빛이 다녀가고
달빛은 구름을 비벼 먹었다지

차콜은 그릇에 갇혀 거뭇해진 눈발
자신을 구하지 못해서 슬퍼질 무렵

순도가 낮은 절망감은 먼지 그늘을 쌓아 가는 목피가 되고
차콜은 저수지에 잠긴 기분이 되어 갔지

ㅇ

물속을 천천히 가라앉으며
모서리 터진 길가 소파가 생각났어

>

회색곰 한 마리가 함께

엎어져 있는 한밤의 소파

충분했지, 발등까지 덮어 버린 뿌리는

발바닥을 흙 속 깊숙이 담그기에

동전만 하게 뜯긴 구멍 만지작거리다 곰은

유빙과 함께 숨어 버린 달빛이 궁금한 구근이 되어 갔지

슬픔은 한껏 몸을 옹그리며 구근에서 구근까지

줄기를 물고 흙냄새 풍기며 영글어 가지

○

갈라진 목피의 기분을 상상하며

바라지 못한 것들은 구멍 밖에서 쉽게 말라 갔어

그릇에 담긴 채 녹는 눈은 차콜

말라서 바닥이 보일 무렵

\>

슬픔은 저수지에 잠긴 수묵의 농담이 되어
지하에 갇힌 서랍이 되어

조그만 발소리 울음소리에도
수염이 곤두서는 서랍이 되어

서랍 손잡이에 맺힌
눈의 결정이 아주 깨어나지 않기를 비는 차콜

다육식물
—삼각형 퀼트 5

물거품 말라붙은 스웨터엔
보풀만 무성하고

폐곡선 그리다가 멈춰 서 있다
끊어진 묵주 만지다 나무 막대가 된 그녀

유빙 울음소리도 잠잠해져 간다
모래 발자국 쌓여서 집으로 가는 골목길이 된다

○

다육식물이 쓰러져 있다
말라비틀어진 유언도 없이

벗어 둔 스웨터를 뒤집어 보면
매듭에 고양이 꼬리털 닮은 털실이 매달려 있다

그녀가 잡아당긴다
손잡이 그림자가 물끄러미 길어지는 저녁

>
잡아당겨도 풀리지 않는 매듭을 따라
엉켜 있었던 머리칼 펼쳐진다

이불보가 펼쳐진다
눅눅해진 자리마다 굳어 있던 모래가 바람에 묻어서 간다

ㅇ

납작해서 슬퍼진 측백나무 선잠 끝으로
종소리는 성에꽃 되어

울퉁불퉁한 선들, 빈 자리마다
모래 병풍을 새긴다

접고 펼칠 사이도 없이 사라질
중심 놓친 풍경처럼

기우뚱거리던 수평선이 지워져 간다
고양이 수염과 종소리만 모래 속으로 삼켜져

>

그녀가 걸음을 옮길 때마다 미양미양
신발 끈 묶으며 늦었다던 아이 목소리가 났다

가늘고 가볍게 발소리에 섞여 끊임없이 중얼거렸다
고양이 그림자 속에 다육식물이 웅크리고 앉았다

담벼락 그늘 속 멈춰 선 그녀처럼
유빙의 잠잠해진 울음소리처럼

식탁의 분위기

할 말이 없어서 입 벌린 저녁

무심코 쳐다본 당신의 혀끝에서 봄봄거리던
새싹만 한 돌기가 자라나 있었다
도무지 알 수 없는 중얼거림이 플라스틱 접시 위에 가득했다

육포는 얇게 썰린 벽돌처럼 어둡고 거칠었지만
내뱉고 싶은 말의 속도로 잘도 씹어 댔다
벚나무 우듬지 너머로 뼈끔거리며 지나가는 구름만큼

할 말이 남아서 입 다문 저녁

물러진 양배추잎을 어둠 속으로 쑤셔 넣으며
식탁을 접는다

바닥에 당신이 쭈그리고 앉는다
식탁이 사라진 자리
언젠가 측백나무 한 그루 중얼거리며 서 있을지도 모를

냄비의 방식

뭉개진 토마토가 끓고 있다
끝없이 늘어선 냄비 속에서

누르면 반복적으로 솟구치는 붉음
냄비는 뚜껑 없이 열기를 뿜어내고

뚜껑은 어디로 보내졌을까
크기가 같은 깡통이 쏟아진다

스티커가 붙어 있는 상자에서
주문서가 쌓여 있는 선반에서

마스크를 점점이 찍고 있는 붉음
달구어진 크고 작은 피톨은 열기를 뚫고

작업장을 부지런히 건너간 기계음과
이곳에서 쉼 없이 끓고 있다

끝없이 늘어선 상자 앞에서 무릎이 꺾인 붉음은
냄비의 불안 속에서 냄비를 채우고 넘치지만

\>
냄비는 뚜껑 생각만으로
붉음을 호명하지 못한 채

슬픔도 잊은 채 그슬려 간다
그만의 숨 가쁜 방식으로

거뭇한 환풍구에서 폭염 같은
고양이 붉은 울음소리가 쏟아진다

한 숟갈의 고백

가지를 무치다 말고
벌집을 쑤시면 나올 수 있는
꿀벌의 수를 생각하며 찬장을 뒤진다
보이지 않는 참기름병 자리에 놓인 간장병은
당신의 뒤통수를 닮았다

벌집을 벗어나지 못한 꿀벌들처럼
냄새가 주방을 윙윙거린다
지금껏 당신이 퍼부은 잔소리만큼

벌집을 굴리면 나올 수 있는
경우의 수를 생각하며 찬장을 뒤진다
주사위는 여섯 개 면을 모두
보여 주지 못한 채 책상 밑으로 굴러갔다

아플 땐 밥물 넘치는 소리가 그립고
소매 끝 적시던 간장 냄새가 그립다

못물 가장자리 서성이던
저녁은 물살처럼 길어지고

국간장 냄새가 갈비뼈에 걸려 있다

모자라는 고백은 한 숟갈에 멈추는 거라고
잔소리를 하겠지
친구에게 말을 걸기엔 늦은 새벽

안개 물살이 나뭇가지 매만지다 말고
창을 적신다
밥풀도 잘 모으면 밥꽃이 되듯
냄새도 잘 모으면 아픈 시간의 병풍이 될 거라고

슬픔의 바코드
—삼각형 퀼트 3

포구에 서서
구겨진 셔츠들이 뱃머리 쪽으로 나부낀다

비릿한 피 냄새가 물속을 헤집고 다닌다
슬픔의 꼬리는 언제쯤 질겨질까

저녁의 입꼬리가 자꾸 한쪽으로 비틀어진다

바닥을 밟지 않고 춤출 수 있다면

○

색색깔 녹다 만 사탕처럼
읽히지 못한 슬픔이

유리병 속에 포개져 있다
쌓여서 어깃장은 물살이 되고

장마가 지나간 저녁 들추며 모종삽은
쐐기풀 한 포기씩 심는다

>
잠긴 뚜껑 틈새 삐져나온
물감은 젖은 저녁의 입꼬리 덧칠하고 있다

읽히지 못한 눈동자가
유리병 속에 뭉개져 있다

○

햇빛이 베어 문 사과는
구름의 속도로
저음의 옥타브 넘어선 빛으로 잠시
창문을 비추고

기도를 멈춘
저녁의 입꼬리가 자꾸 한쪽으로 비틀어진다

등록되지 못한 슬픔엔
바코드가 없고
비틀어진 초침의 입꼬리가 혼자 움찔거린다

>
사과를 씻는다
사괏빛 물줄기가 구부러지는 순간
부리가 저절로 순해지는 때가 있다

슬픔이 희고 둥근 음표로 부서질 때가 있다
물살의 속살처럼
눈길을 찍다 말고 사라진 고양이 발자국처럼

안을 숨길수록 밖은 더 선명하고
—삼각형 퀼트 -3

도마뱀이 혀를 쑥 빼고 웃는다
유리문 밖

파쇄기 소릴 내며
등뼈가 꺾인 물고기 행렬이 지나간다

어둠을 흐르는 불빛은
가면의 개수만큼 어지럽고

가면이 쌓여서 난간이 되어 가는 물고기들
안을 숨길수록 밖은 더 선명하고

　　　　　○

카멜레온과 악수를 나누며 시작되는
절룩거리는 걸음 뒤로

도마뱀 눈 깜빡이는 속도만큼
입간판 불빛이 빠르게 점멸한다
축축한 핏발 같은 것들이 그려져 있겠지

>
공중 셔터를 올려 볼까
검은 점도 서너 개
뺨에 돋은 가시는 몇 개나 될까

톱니바퀴 비늘이 떨어져 나간 옆구리의 숨을
송곳니가 반짝이며 노려본다

쇳조각 박혀 있는 혀들이
꼬리를 스치며 지나간다

흰 붕대 친친 감고 노래하는 낮달처럼
떠 있는 십자가 쪽으로

○

서로 속옷을 찢고 가면을 물어뜯으며 울부짖는 골목
신의 눈동자는 보이지 않았다

잘려 버린 손가락 껍질에
투명하게 싸여 있던 속살이

구석에서 가래떡처럼 꾸덕꾸덕 굳어 갔다

부서진 부표
찢긴 그물코
고사목 비스듬히 폐차장 위로 떠다니고

물결에 스민 죽은 새의 핏방울
퍼렇게 부풀어 오른 밤공기 속으로 사라져 갈 때
골목길 구석을 더듬으며 밀서처럼 물안개 번져 가고

유리문 안
불 꺼진 도마뱀이
끝없이 무중력의 잠꼬대를 한다

꽃잎, 꽃잎들
—막간 4

무너져 내리는 빗줄기 틈새
언뜻 비치는 하늘, 일제히
갈라지는 피의 실금 몇 방울

땅끝에 토막 난 이마를 박는다

토닥거리며
네모 혹은 육각형 팔각형의 꽃잎, 꽃잎들

나무는 온몸으로 비를 받고 서 있다
힘없이 내려다보는 나뭇가지 아래
식어 버린 촛농
한 떼의 피 멍울들
고인 빗물 안에 갇혀 있다

수많은 발자국 지나간 자리
몇은 녹아 이지러지고
몇은 껍질만 남아
빗물 비스듬히 미끄러지는 담장을 지나
다친 어깨끼리 기대고 앉았다

\>

길모퉁이
꽃씨 흩뿌리는 소리 들려오고

빈 꽃대처럼 빗줄기
어깨 흔들며 가볍게 걸어간다

멀리 굴뚝 한 채 혼자서
비 맞고 있다

고슴도치 가시가 웃고 울고 있다
—막간 6

녹고 있는 날개가 있다
신의 기미가 없는 곳

인공 향기가 모든 냄새를 뒤덮고
밧줄은 돛대 끝에서 출렁이고

녹고 있는 돛이 있고 향초가 있다
냄새 맡을 수 없는 코만 점점 부풀고

울고 웃으며
녹고 있는 가시가 있다

물의 비명이 촛농빛으로 갑판을 뒤덮고
갑판 가장자리를 고슴도치 향초가 움직인다

녹은 향초가 발등에서 부풀어 간다
녹고 있는 눈꺼풀이 얇게 겹쳐지고 있다

반달
—막간 10

밤의 비눗갑 속
고개 돌린 채 말이 없다

녹다 만 숨
잠시 멈추고 공중을 품는다

검푸른 머리칼 끝 물방울 뚝뚝 떨구며
시간이 다음 손잡이로 미끄러져 가는 순간

출구가 저만치서 깜박거린다
발자국 적시며 쏘아 대는 빛

빗나간 순간들은 공중 화석이 되고
서서히 녹는다

먼지에 섞여
잠깐씩 빛나는 손바닥

손자국 찍혀 있는 거울
살며시 촛농 자국 별자리 쪽으로 움직인다

다시 비늘을 긁을까요
—막간 7

바지선 두드리던 빗소리가
민박집 지붕을 넘고 있다
비늘을 긁는다
감자를 으깨고 마요네즈로 버무린다

수박을 자른다
빗소리 굵어진 접시에
옆구리 찢긴 생선을 눕힌다

기름이 부글거린다
생선에 굵은 소금을 뿌리고 뚜껑을 덮는다
도마에 묻은 피를 닦는다

맞은편 집 처마 밑에서
까마귀 세 마리가 부리를 번갈아 깨문다
다섯 걸음 떨어져 지켜보던 까마귀가 울부짖으며 날아간다

조각 얼음마다 부릅뜬
핏빛 비늘과
불투명의 입김들

\>

국물이 끓어넘친다

마늘을 넣고 고춧가루를 뿌리고

뚜껑을 덮는다

빗소리가 계단을 밟고 내려간다

국물을 비집고 힘차게

꼬리지느러미가 솟구친다

모서리에 맺힌 도마의 한숨이 깨진 바둑알처럼 반짝인다

박쥐
―막간 8

바람에 쉬이 떠밀리는 길을 걷는다
이쪽도 아니고 저쪽도 아닌
날개를 펴고 날개를 접고

경계색 앞에서 노래 부르는 것
박수를 치며 한 발로 쿵쿵거리다가
철사 줄 꽂힌 꽃병의 미소로 물구나무서기

바람에 쉬이 몸을 내맡긴다
귤빛부전나비 날갯짓처럼 잔광이 떠다니는 저녁
거리에서 부딪히는 낯선 눈빛
부서지는 소리

맑은 치잣빛 꽃잎
생강 딸기 같은 것들로 색을 입히면
무슨 냄새 나는 동물이 될까
식탁 앞에서
비누 냄새 묻은 두 손 모으고 앉으면
날개뼈 부러지는 생각으로
뿔이 자랐다

\>

처음 맡아 보는 냄새를 풍기며
뿔의 노래 부르는 것
떠날 수 있는 건 부서질 수 있다고

두 눈 뜨고서 맹인을 위한 요철 블록을
따라 걸어간다 몸속에서 부서지는 것
아직 아무것도 없고
잠시 머물 동굴도 이젠 없지만

기도가 길어서 슬퍼진 날개
길 떠난 별 하나
부서지는 별똥별로 오늘 밤
하늘 한 귀퉁이 잠깐 축축하겠다

갇혀 있는
—막간 5

새장에 갇힌 바람 소리가 난다
당신이 연주하는 바다에서

바닥을 빠져나와
파도가 삼킨 말들은

갈매기 부리가 짚어 낸 단조음 되어
구름의 옥타브 사이를 가르고

물의 음표가 부서져 물음표를 만드는 사이
밤의 음계가 발을 적셨는데

나도 모르는 사이 딸깍,
나를 열었는데

배를 범람하는 바람 소리에 갇혀
당신 녹슨 입술에 갇혀

검불이 날리고
손사래 치던 파도는 젖니로 부서지고

\>

축축한 연필 깎는 소리
당신의 휘파람에 갇힌 모래밭에서

꼬리가 잘린 혹등고래의 길고
딱딱한 울음소리가 났다

30대

꽃들은 하나둘 꽃 피러 가고
잠자리 날갯짓 따라간 그녀 보이지 않고
상수리나무에 기대고 서서

선잠이나 잘까 꽃가지 대신 잠꼬대나 할까
시름시름 시린 이 앓듯
공중에 걸린 마을, 빨래가 뿌옇고

가방엔 생수 한 병과 개켜진 옷가지들
사방을 두리번거리자니 어디서 왔냐고
빗줄기 툭툭 발끝으로 말 걸어 오는데

강물을 찰랑이며 걸어가는 그녀 눈빛
자꾸만 제자리 맴돌고
처음 보는 길과 마을은
손마디 흠칫거리게 하는데

가지 끝 햇살은 물구나무서기
꽃들은 하나둘 꽃 피러 가고

\>

잠자리 날개 무늬 같기도

축축한 돌멩이 같기도 한 그녀 눈빛 번져

자꾸만 돌멩이 쌓고 쌓는데

달빛이나 물에 피가 묻었다면

살아 있는 길을 품어서일 거라는데

꽃들은 하나둘 소식 감감하고

모래바람 불어올 적마다

헝클어진 머리칼 쉽사리 펴지질 않고

목숨
—막간 9

바람은 푸른 불빛의 힘줄 퉁기다
반죽의 얼어붙은 가슴 쓸어내린다

헝클어진 머리칼 가만히 들여다보다
서늘한 비린내로 일어선다
복제된 빵틀의 문이 열리면
쏟아지는 살들 한가운데
팍팍해진 심장이 뛰어들고
작은 방에 몸 가두는 목숨이 있다

달구어진 철판이 속 뒤집고
뚜껑을 열면 말랑말랑한 꼬리가
일어설 듯 힘차게 파닥거린다
30촉 백열등에 눈을 껌뻑인다

배냇저고리와 수의가 똑같은 표정으로
채반 위에 누워 있다
따스하고 싸늘한 온도를
털모자 눌러쓴 아저씨의 손이 잡는다
겨울밤

짧게 태어났다가
짧게 죽어 가는
목숨들

바람은 길을 버리고 길은 발자국을 버린다
재처럼 하얗게 흩날리는 길
밤새 떨고 있을 발자국 너머
바삭바삭 초침 소리로 씹히는 그들

풀 냄새거나 비 냄새
툭, 터지는 내장까지 혀끝에 말려도 좋다
달빛, 부풀어 오른 그림자 매만지며
밤의 쇄골 속으로 싸늘하게 미끄러져 간다

녹았다 가는 빛

그냥 녹을까 봐, 세숫대야에
갇힌 채 녹아 없어질까 봐

서툴게 자갈로 사뭇
얼음을 부수던 열셋 언니 손가락

그날 부딪히던 얼음 조각
그 소리만큼 투명하게 각을 세운

앞마당 수돗가
얼음의 손가락

얼어붙은 손에서 미끄러지던 얼음의 맨살
매만지며 소원을 빌다가 발갛게 부풀어 오르던 언니 손가락

조금씩 녹아내리는 빛
십이월 빨래집게에 걸려서 잘 잡히지 않던

다섯 걸음 물러나서 지켜본다
장독대에 가지런히 앉혀 두고

\>

모여서 다시 함께 빛나라고
녹아서 다시 서로 잊히라고

얼음의 손끝 고여서 머뭇머뭇
녹았다 가는 빛

묵줏빛 어둠 너머

찻잔 너머 꼬깃꼬깃
그가 구겨진 셔츠로 앉아 있다

접시 너머 꼬깃꼬깃
그의 신념은 구겨진 파일이 되어 휴지통 속에서 꼼지락
거렸다

보수와 꼰대의 차이를 묻던 치르는
목선을 타고서 가벼운 그림자가 되었다고

지금쯤 타 버린 필름을 잘라서
구름을 덧대고 있을지도

가위질하고 나면 손가락 파인 자국에서 쇠 냄새
갈라진 목소리 타고서 내 목젖을 움켜잡았다

광장엔 아직도 빛바랜 현수막들
흩어진 길의 꼬리 펄럭이고

묵줏빛 어둠은 더 깊은 어둠 속 목젖으로 굴러간다

그물들 너머로 펄럭이는 그가 한 장씩 겹쳐진다

벽돌 틈바구니에서 풀씨가 깨어나듯
파일 틈바구니에서 날개가 꼼지락거린다

펄럭이는 파일과 파일 너머 목선을 타고 시작과 끝을
반복하는 밤의 척추 속으로 묵줏빛 어둠은 스며 가고

안개의 검푸른 입김이 천천히 우리를 기록하듯이
구름을 짊어진 나비가 손목에서 날아간다

7월 햇살
―삼각형 퀼트 7

이파리마다 호박 보석 걸어 두고
방 쪽으로 성큼 들어선다

되감긴 바람의 태엽은
잠든 숲 빠져나와
예각의 두 다리로 춤을 춘다
벽지에 그려진 줄기들까지 쪼갤 듯 빛을 내며
거울 쪽으로 성큼 다가선다

삼십 년 넘은 반달 거울 서랍장
틈새로 나비 날개를 들여다본다
어둡고 눅눅하다

반창고로 가려져 가려울 환부를
기웃거리다 곧 지워진다

○

모과가 달려 있지 않지만
7월의 모과나무 가지에서 모과 향이 난다

128

가지 속 모과씨가 굴러다니며
나, 여기 있어, 여기라구.

나무를 모과 향으로 모자이크한다
금화와 은화가 가지마다 빛난다

종아리 어혈을 짚고 간다
가려워서 환해질
꽃나무 쪽으로 물살이 밀린다

○

사철나무 가지 사이
나리꽃이 졸다가 깨어났다
꽃받침 쪽으로 휘어진 꽃잎
허공을 향해 얼굴 열어 놓고
더듬이 쭈욱 뻗는다

햇빛 손톱이 더듬이 끝을 톡톡 두드린다
뺨에 박힌 까만 점을 흔들고

구름이 고개를 갸우뚱

햇살이 흘리고 간 침이
바람의 뺨을 타고 내려와 뚝뚝 떨어진다
짓무른 꽃잎 사이로 끈적이며 천천히 녹는다

해 설

발이 푹, 푹, 빠지는 수박사탕 근처

손미(시인)

최윤정의 시집 『수박사탕 근처』를 읽는 데 오랜 시간이 걸린 이유는 문장마다 발이 푹, 푹 빠지기 때문이다. 앞으로 가야 하는데, 시집을 완독해야 하는데 고운 모래사막을 걷는 것처럼 푹, 푹, 빠지는 문장 앞에서 앞으로 갈 수 없어 시집 원고를 붙잡고 한여름을 보냈다. 끈적하게 녹아내린 수박사탕에 빠진 개미처럼 허우적댔다. 뻘뻘 땀이 나는 계절을 통과하면서 문장을 건너면 또 다른 늪처럼 나타나는 짙은 문장으로 자주 페이지가 멈췄다. 결국 마지막 페이지에 도달했을 때 온몸은 끈적해졌다.

발에 묻어 있는 감정들이 떨어지지 않았다. 시는 무엇

인가. 무엇이 시를 쓰게 하는가. 최윤정은 왜 이렇게 마음이 푹, 푹, 빠지는 시를 쓰는가. 최윤정은 왜 세이렌의 협곡처럼 우리를 건너가지 못하고, 소용돌이 같은 시에 빠져들게 하는가.

어렵게 도달한 페이지 끝에서 독자들은 발견할 것이다. 이것은 세상을 향한 지독한 사랑이다. 삶의 구석구석 수많은 촉수를 던져서 끌어올리는 모든 것이 사랑이다. 세상 곳곳에 묻어 있는 화자를 마주 보는 일은 바라보는 것에서 끝나지 않고, 화자들의 감정이 손가락과 발가락에 묻어 파리지옥에 빠진 듯 거기에 서 있게 만든 것이다. 화자들이 감각하는 모든 것은 우리도 아프게 감각하는 것이기에, 그 울음은 우리와 상관 있다.

시인은 시인의 말에 "시를 살펴보는 마음에 방울을 달아놓고/ 자주 발꿈치를 살핀다"고 썼다. 그 말은 옳았다. 시집 속에서 방울은 자주 울린다. 이쪽의 출입 금지를 요구한 어떤 경계 앞에서 망설이지 않고 발을 들여놓은 화자들은 경고음 같은 방울 소리를 듣는다. 여기에서 방울은 접신이며, 연결이다. 닫혀 있던 모든 것이 열리는 소리, 조용히 죽어 간 감정이 다시 눈을 뜨는 소리.

새봄을 엎질렀다

재빨리 닦으려고 했는데

바퀴가 먼저 지나갔다
치마에 숱한 반점을 만들고 저만치 굴러갔다

고여서 슬픈 곳엔 다가가지 않겠다고 한
다짐은 자몽처럼 굴러가서 으깨어졌다

흙탕물 날씨가 꽃잎을 뒤집고
바퀴는 찢긴 잎새로 뒤범벅

　　　　　　　　　　　　　　　—「목련 물티슈」 부분

　연결됐으므로, 이제 보이지 않던 것이 보인다. 가령,
봄이 엎어지는 풍경 같은 것. 엎어진 봄을 재빨리 닦을 수
없다. 엎질러진 봄 위로 "바퀴가 먼저 지나갔"으므로. 무
참히 뭉개진 봄. 그래서 다짐과는 달리 다시, 슬퍼졌다.
슬픔은 다짐과 다르게 온다. 그렇게 와 버린다. 이건 어쩔
수 없는 뭉개짐이다. 아가리를 벌리고 오는 슬픔에 화자
는 힘을 빼고 몸을 내어 준다. 바퀴가 밟고 가는 목련들이
갈색으로 짓이겨진 거리는 비로 쓸어도 그림자처럼 사라
지지 않는다. 목련의 귀신들이 거기서 소리 낸다. "나, 여
기 있어, 여기라구"(「7월 햇살」) 제 몸을 터트리며 알리는 비

명이다. 방울을 잡은 화자는 그런 목련의 비명을 아니 봄의 비명, 아니 사라져 가는 모든 것의 비명을 듣는다. 그것은 죄를 감추고 있는 한 사람 앞에서만 흔들리는 방울 소리 같다.

그 방울 소리는 영매고, 기도이다. "뽑혀진 깃털이 됩니다 바람 빠진 풍선/ 조각이 됩니다 기도하기 위해 켜진/ 촛불이 됩니다 나마스카르 나마스카르// 물감에 옷을 묻히고 말았네요/ 패색이 짙은 순간의 살갗으로 붐비는 계절 그 많은/ 모욕은 누가 다 굴리며 가는 걸까요// 칸칸마다 물감 좀 짜 주시겠어요/ 소소하게 바람이 불어 가는 방향으로 붉어진 붓을 잡고/ 무람하게 나마스카르 나마스카르"(『물감 좀 짜 주시겠어요』) "무람하게" 읊조리는 "나마스카르"에 시인은 "당신만의 모든 것을 위해 기도합니다"라는 각주를 달아 두었다. 깨지고 터진 몸을 버리면 "뽑혀진 깃털"되고, "풍선/ 조각이" 된다. 또, 누군가를 위해 기도하는 "촛불이" 된다.

시집을 끝까지 읽고 난 뒤, 이것이 세상을 향한 시인의 지독한 사랑이라고 말한 이유가 여기에 있다. 지독한 사랑으로 관찰하고 지독한 집착으로 바라보는 세상의 모든 것. 시인의 발꿈치에 달린 방울에 와닿는 이 시끄러운 전갈들. 그것을 받아쓰기 위해 시인은 얼마나 많은 시간을 벌어진 살갗으로 살아야 했을까. 제 살을 다 내어 주고 한 번 울리는 방울 소리를 적기 위한 이 기도는 이기적이지 않다. 그것은 시를 향한 제의이자, 모두를 위한 내통이다. 그것을 위해 살갗을 열고 스스로 제물이 되어 올리는 기도이다.

사방으로 뻗은 촉수에는 질병도 걸린다. 질병 진단 키트에 생기는 줄무늬도 방울은 걸리고 소리 낸다. 그것은 "줄무늬 틈에서 뜻 모를 몇 줄의 지문으로 기록되"(「전염」) 기도 한다. 실은 모든 것이 전염된 이 세상에서 줄무늬 하나로 속출되는 감염자는 알몸으로 문밖에서 울고 있는 아이처럼 추방된다. 그것은 지문을 찍는 것처럼 각인된다. 질병 앞에서 나는 숙주임과 동시에 새로운 숙주에게 안내하는 기다란 줄이다. 저기, 아직 질병에 걸리지 않은 사람이 있어요. 등에 병을 업고 그들에게 쏟아붓는 안내자다. 그래서 시인은 결국 "나쁘게 피는 물방울은 없"(「나쁘게 피는 물방울은 없겠죠」)지 않느냐고 반문한다. 이건 누구의 잘못인가 묻는다. 그러나 그도 누군가를 원망하거나 고통을 주는 방식을 피한다.

깊숙하게 찌르고 비틀어 내는 질문으로 급소를 찾았다가 힘을 주지 못하고 다시 내려놓는 흉기의 방식으로 시인은 세상을 사랑하고 감지한다. 부드러운 칼날을 휘두르면서 누구도 다치지 않게 사이를 벌려 그 속에서 문장을 건져 내는 최윤정의 시는 그래서 더 처절하다.

사다리를 옮겨 놓고

과즙이 된다

진실은 속살 갉아 먹는 벌레와 같아서

과즙과 싸우며

벌레와 익어 가며

새벽의 서늘한 부종을 견딘다

공중을 비릿하게 썩고 있는 사이

속살이 문드러져 설렁설렁 가벼워지는 사이

—「장조일까 단조일까」 부분

　최윤정은 결국 이 고통(어쩌면 환통)을 "모르고 싶"다. 그
럼에도 "진실은 속살"을 "갉아 먹는 벌레와 같"다. 그래서
계속 파고들고 보이지 않는 곳까지 침투한다. 결국 더 사랑
하는 쪽은 진다. 화자는 썩은 속을 도려내지 못하고 "새벽
의 서늘한 부종을 견"딜 뿐이다. 공중에서 "비릿하게 썩고
있"다. 끊어 내지 못하고 계속 관계하고 있으므로, 연결되
어 있으므로 온몸으로 그 상처와 고통이 전염되고 있다.
　연약해서가 아니다. 더, 사랑해서다.
　이런 관계는 멀리서 순록의 뿔이 잘려 나가서 명치가
딱딱해진다는 전개로 더 분명해진다. "네가 걸어간다 내

가 넘어"(『순록』)지는 것처럼 멀리서 걸어가는 작은 움직임에도 나는 넘어질 수 있다. 아무도 밀지 않았지만 먼 곳의 발자국은 나를 넘어뜨린다. 그래서 "사거리를 가로지르는 순간에도/ 조각 얼음 가는 소리"가 난다. 흉기를 갖진 않았지만 사거리를 가로지르는 순간, 나는 전기톱이다. 내가 걷는 순간에도 어떤 것은 잘리고 찢어진다.

관계란 그런 것이다.

돌이킬 수 없는 것, 질겨서 끊어 낼 수 없는 것, 그러나 그것은 너무 오래전에 연결돼서 이제는 보이지 않는 먼 곳에 사는 것, 연결됐다는 사실조차 잊어버렸지만 한번씩 아무 이유 없이 명치가 아픈 것은 어디선가 순한 순록이 제 뼈가 잘리는 소리를 듣고 있기 때문이다. 그 불안과 고통이 고스란히 나에게도 전달되어 한번씩 넘어지는 것이다. 그것은 방울을 울려 대면서도 "달팽이관에 꽉 끼여 빠지지 않는" 소리이고, "비누칠에도 빠지지 않던 반지" 같고, "꽉 끼여 빠지지 않는다(『떨림』)". 그러니 계속 연결될 수밖에. 그러니 계속 방울 소리가 울릴 수밖에. 그것을 받아쓸 수밖에. "나도 모르는 사이 딸깍,/ 나를 열었(『갇혀 있는』)"을 때 거기 들어 있는 무수한 나들을 받아쓸 수밖에.

그러므로 최윤정의 시는 "설익은 청포도알처럼/ 울면서 그가 내 몸을 기어 다"(『마주르카 집에 불이 켜지네』)닌다. "서로 속옷을 찢고 가면을 물어뜯으며 울부짖는(『안을 숨길수록 밖

은 더 선명하고」"다. 이보다 처절한 사랑이 있을까. 끈질기
게 연결된, 그러나 사이사이 찔려서 구멍 난 이 시집에서
는 발이 푹, 푹, 빠질 수밖에 없다.

모래는 다시 눈을 깜박인다
따개비 같은 바람은 불어오고

…(중략)…

출렁이는 다리가 있다
마주르카, 당신이다, 발톱이 심장을 찌른다

당신의 잃어버린 비명이 보이지 않는
칼끝이 되어 늑골에 꽂혀 있다, 발꿈치 들고

몇 발자국 따라가 보지만
곧 행방을 놓치기 일쑤다

거북이 등 껍데기 같은 바람은 불어오고
모래는 다시 눈 깜박이며 둥글게 바다를 접는다

저릿한 팔과 다리는 소나무 가지마다 푸르게 말리고

공처럼 가볍게 뛰어다니고 싶어

발꿈치 들고
물 밖을 본다

                              ―「발꿈치 들고」 부분

　빠진 발톱은 "심장을 찌른다". 그래서 최윤정의 시 앞에
서는 모래사막처럼 푹, 푹 빠지는 문장 앞에 오래 머무를
수밖에 없다. 느리게 지나가는 기차처럼 거기엔 자연스럽
게 밑줄이 생긴다. "공처럼 가볍게 뛰어다니고 싶어"도 소
용없다. 묵직한 문장 앞에서 좀처럼 속도를 내지 못하고
순간순간 붙잡히게 된다.
　당신은 느린 밑줄을 밟고 조용히 따라갈 수 있다. 시인
의 발꿈치에서 흔들리는 방울 소리로 인해 우리의 발꿈치
가 흔들리고, 지구 반대편을 걷고 있는 순록의 발꿈치가
흔들리고, 심해로 가라앉는 고래 한 마리가 흔들리고, 이
름 없는 행성의 위성이 흔들린다. 우리가 왜 시를 쓰는지
알 수는 없지만 시가 우리를 얼마나 커다랗게 하는지는 안
다. 그래서 한번씩 우리가 여기, 살아 있다는 것을. 잠깐
죽으려고 할 때마다 어디선가 깨우는 방울 소리가 있어 아
직 우리가 살아 있다는 것을. 시를 쓴다는 것을.

네가 아파서 내가 웃을 순 없다. 우리는 연결되어 있다.
오래전부터 그랬다.